거기에는 없다

서효인

거기에는 없다

서효인

PIN

041

차례

PIN

041

거기에는 없다

서효인

시

거기에서

뒤집힌 차에 나는
매달려 있었다
너와 나는 눈이 마주쳤고
너는 뒤돌아 갔다
나는 너의 등에 업히기로 했다 등에서
등으로 어깨에서
어깨로 정수리에서
정수리로 너를 만나고 스치는 이들에게로

마을에서

초입에 슈퍼가 있고
신작로를 건너면 하남공단
안쪽은 비아동이었다
사랑을 모르는 사람들이 있었다
여자는 공단과 동네를 빠른 걸음으로 오갔다
공장과 논밭이 노인의 윗니와 아랫니처럼 붙어
이제 난 듯 이제야 빠질 듯
무언가 씌운 듯
빛이 났다
빛을 따라 들어선 주물공장에서
둥그런 주전자의 몸에
삐쭉한 주전자의 코를
붙이는 일을 한다
몸을 수그리고 코를 댄다
쇠붙이를 덧대는 냄새가

양철지붕 위 집쥐를 쫓았다

뜨겁다 덥다 더럽다 어렵다

진짜로 미치게 돌도록 겁나게

인부들은 입을 함부로 놀렸다.

슈퍼 앞에 잠시 서는 버스를 잡아타고

떠나려 해도 이곳의 모든 행적은

돌고 돌아 다시

이곳에

모였다

거기에 특별한 사람이 있었다는 이야기가

아니다

여자는 나의 할머니가

아니다

남자는 나의 할아버지가

아니다

고모나 삼촌이거나 모르는 아줌마거나

청년이거나 아무쪼록 그 무엇이거나

이름 붙일 수 없는 인간이거나 그도 아니거나

유년의 노스탤지어를 말하려는 게

아니다

어머니와 아버지는 멀리에 있었고

말수가 많고 노회한 어린아이가

신작로에 눌어붙은 슈퍼 평상에 앉아

느릿느릿 지나가는 트럭의 숫자를 헤아렸다는

이야기

그런 말을 중얼거리려는 게

아니다 슈퍼 앞 나무의 이파리 사이로 빛이 쏟아져

눈을 감았다 붉은빛들이

이것은 사람이 아니냐고 묻는 것이

아니고

그렇다면 그것들이 무어냐고 묻는 질문을 따라

얼굴 벌건 사람들이 입을 꾹 다물고

비아동과 공단으로

흩어졌다 그날

보았다

파란 트럭이 신작로 구석에 박혀 있었고

새벽에 일어난 사고인 듯

거기에 시신이 있었는데

아니, 어린아이도 운전을

하나?

아이의 시신과 눈이 마주쳤다

시신과 눈이 마주칠 수

있나?

알 수 없는 일이었다

동네 한 바퀴를 돌고 오니

트럭도 아이도

사라진 후였다

병원에서

동생은 죽지 않았다

동생은 태어났다

영광통사거리에 있는 병원

며칠 동안 쉬지 않고 내린 장맛비

그 시기에서부터 태아 성감별이

성행했다고 한다 동생은 태어나기로 했다

여자가 여자를 낳은 날

침대에 누운 여자와 누운 여자에게서 벗어난 여
자를

제외한 모두가

미역국을 나누어 먹고

기쁨과 고통을 나누고

그날부터 나누어 먹은 것을 토해 내기 싫어

도망을 다니는 나와

나누어 먹은 게 없어

자리를 지키고 있는 동생이

서로 등을 맞대게 되었다

장마철에 맞댄 살이 불쾌해

동생은 저리 떨어지라 말하고

나는 떨어져 모르는 척 뒤통수를 긁는다

진짜 몰라 뒤통수가 절벽이다

모를 수 있는

모르는 체할 수 있는

뒤통수에 손이 가는

뒤에 두려움이 없는

내가 떨어질 수 없는 그곳을

지키고 서 있다 동생은

거기에서부터 빠짐없이

목격했다

손찌검하는 자

줄에 매달린 개

침을 뱉는 청년

후회하는 부계

철선에 오르는 모계

강간하는 군인

행과 열이 정확한 내력

어머니가 동생을 낳은 날

나는 병원 침대에 올라가 보겠다고

떼를 썼다고 한다

내가 기억하지 못하는 구강기의 항문을

동생은 두 발로 서서 다 보았다고 한다

나는 모르는 척 밑을 긁는다

시원할 수 있는 권력을

만끽해도 되는 걸까

또 모르는 체한다

역전에서

노인은 한글을 일찍 뗀 아이를
필요 이상으로 자랑스러워했다
장날 아무런 간판에 아무짝의 글자를
읽어보거라 하였다
송정수퍼
식료품 일절
고추 감니다
그런 것들조차 노인은 읽지 못했지만
먹을 것들은 먹을 것들의 문법이
있다 냄새나 색깔 같은 것
후각과 시각의 세계에서 벗어나지 못한
노인 안쓰러운
노인 어리석은
노인 주전자 공장 노동자
노인과 아이는 기차를 타고 송정리역에서

노안역을 지나 무안역까지 간다

노인은 후각과 시각으로 내릴 역을 아는데

귀소본능이라고 해야 하나

짐승이라고 해야 하나

꾸벅꾸벅 졸다가도 불쑥 일어나는 것이다

고향의 냄새다

노인은 손자를 앞세우고 걷는 팔자걸음을

좋아했다 고향집에 가까워질수록 읽어보거라 시

킬 것이

사라지고 초록의 색깔과 시큼한 냄새만이 남아

노인의 세계가 완공되어갔다

그 세계에 그날 본 어린 시신은 없었다

잊어버렸기 때문이다

문자 바깥에 있는 구불구불한 세계 나는

글자를 읽기 전의 나를 기억하지 못한다 나는

글자를 모르는 것은 몸을 구부리고 양수에 숨어 있는

기분이지 않을까 까만 평화가 계속되는

할아버지의 잘린 엄지손가락의

지문

그것을 글로 쓰려면 한 시대가 걸리겠지만

그렇게 글을 아는 사람은 글로 써야 하겠지만

이미 완공된 노인의 세계에는 부과되지 않을 의무

타는 냄새가 난다

선산이 타고 있다

비아동으로 돌아갈 시간이 되었는데

노인이 시계는 볼 줄 아는 걸까

한번 하게 된 생각은 멈추지 않고

그것은 머릿속에서 글자가 되고

생성된 글자는 영원히 완공되지 못할 건축물의

불량한 자재로 쓰일

것이다 글자를 알면 알수록

불행해질 것이다 기억해야 하니까

한때 우리 모두에게 문자라는 것이

없던 시간도 있었겠지

이 냄새와 이 색깔을

글로 박제할 일도 없었을 테니

노인의 잘린 손가락은 갈색이었고

그에게서는 담배 누린내와

오이 비누 냄새가

교대로 났다

한번 하게 된 생각을 멈출 수가 없어 아이는

읽을 수 있는 걸 닥치는 대로 읽는 것이다

송정슈퍼

식료품 일체

고추 갈아드립니다

링에서

권투는 사각형의 링에서 벌어지고
우리가 필요한 것은 둥근 주먹에
맞아 나가는 둥근 얼굴보다는
사각형의 링과 사각형의
지폐 사각형의 방 사각형의 티브이 앞에
모여든 남자들의 어깨와 어깨 사이로
텔레비전의 컬러감이 비죽비죽 빛을 뿜었다
사각형의 평상에서 수박씨를 뱉는다
올림픽처럼 멀리 동그랗고 우아하게
북방형 얼굴의 선수가 금메달인데
온 얼굴이 시퍼렇게 멍들었다
자국이 없어지지 않는다
흉터가 될 참이다
누가 보더라도 우스운 판정이었는데
사내들 우수수 흩어지고 남은 건

수박 껍질 안쪽에 잇자국

차라리 귀를 물어뜯고 실격패를 당했더라면

저 선수는 고개를 들 수 있었을까

단거리 선수의 몸에서

약물이 검출되었다

올림픽 성화는 비아동에 오지 않았다

어디에서 와 어디로 갔는지 알 수 없었는데

텔레비전의 봉송대에서 활활 타올라

비둘기를 죽이고

평화를 죽이고

상징을 죽이고

은유를 죽이고

아이를 죽이고

청사에서는 화염방사기가 쓰였다는 소문

활활 태워서 수박씨처럼 되었다는 소문

고개를 숙인 선수 뒤로

태극기가 가장 높은 데에 걸리고

애국가가 들린다

시끄럽던 권투 경기 캐스터와 해설자도

애국가가 나오는 도중에는 입을 다문다

다문 입안에서 수박 향이 난다

입가에서 피가 돋는데

권투 선수가 고개를 든다

드디어 애국가가 끝났다

성화가 타고 있는 여름 안에서

약물이 검출되었는데 기분이 좋다는 이유로

모두들 더한 약물을 원했다고 한다

약물을 빨았던 앞니가

앞사람의 귀를 물었다

메달 결정전이 아니기 때문에

말리는 사람은 없었다

청문회가 시작되었다

모두가 각자 있던 자리로 빠르게 흩어져 가드를
올렸다

두들겨 맞기 직전이었다

등산로에서

완전한 새로움이라는 건 가능한가

끝과 시작이라는 말

끝에서 다시 시작한다는 말

그해에 부모님이 이혼을 했다면

좋았을 텐데 나는 아무렇지도 않았을 텐데

언제나 핑계가 되는 일은 수치스럽다

수치심을 알게 해줘서 고맙습니다

감사의 인사를 올린다

처음이자

끝으로

새로운 시작 따위

등산로 입구 쓰레기통에 버렸다

불이 나면 안 되니까

정상에 닿기 전에 해가 떠버려서

사위가 서서히 밝아졌다

시작도 끝도 완전한 새로움도 다 헛소리라는

좋은 예시였다

감사합니다

이 모든 것에

효도하겠습니다

그런 말을 하면 칭찬받았다

토끼봉을 돌아 올라가는 코스에

아무렇게나 스틱을 휘두르는 사람들이 가득 찼
는데

서로를 베는 걸까

동강 내는 걸까

두꺼운 겨울옷 안에 놓인 상흔을

내장이랑 같이 쏟아버리는 게

새해의 첫 계획인 걸까

왜 아직도 모르지

신정 아침처럼 반복되는 거짓과 진실을

나는 당신에게 화가 나 있다

이 화를 다스리지 못해 슬프다

이런 감정은

끝이 휘어진 칼처럼

완전한 새로움을 방해할 뿐인데

화는 끝도

시작도 없는데

등산로의 살얼음이

우리를 비추었다

새로 뜬 해가 녹일 수 있는 게

없었다 살얼음 아래에는 진짜 얼음이

차이가 있는 불행을 모두 쓸어버리고

사람들은 그것을 실족사라 불렀지만

가족이라는 것은 언제나

지나치게 조심스러워

완전히 새로울 가능성이 줄어든다

12월 31일과 1월 1일의 차이를

칼로 무를 자르듯

칼로 물을 베듯

산은 말해주지 않았다

그런 것은 없다고

말하는 것 같았지만

일찌거니 떠오른 해가 지껄이는

거짓말에 아버지와 나는 녹아서

목욕탕에 때를 벗기러

가는 것이다

감사합니다

이 모든 때에

새로이 내 몸에 나앉을 새로운 때에게도

시간에게도

끝도 시작도 없을 아무 때에

실족할까봐 벌벌 떨며

다음 계단에 난 칼 위에

발바닥을 내미는

선산에서

천변에는 개를 거꾸로 매달고
때려서 죽여서 먹어서 행복한 인간들이
있었다 살코기가 타는 냄새
무안 일로에서 온 먼 친척 어르신을
당숙모라 불렀는데
골초였다
개의 살을 태우는 연기 하나와
담배 태우는 연기 여럿이 섞여 흘렀다
개 짖는 소리처럼
받아주지 않는 곳으로 천천히
당숙모는 선산 아래에 터를 닦은 집에서
제사를 지내는 데 평생을 썼다고 한다
그에게는 연기란 흔한 것이었다 우리는
인간의 연기를 하고 있었다 나는
그날 죽은 개의 제사를 지내고 싶다

개를 먹는 것이 인간의 증명이 되고

제사를 지내는 게 인간의 증명이 되니까

인간 중의 상인간이 되는 것이다

그 개를 사랑했기 때문에

여러 인간을 증오했기 때문에

제사 후에는 다음 제사가 온다

죽음이 적체되어 산 자들의 당숙모를

괴롭히고

당숙모가 홀로 키우던 개를 공터에서

때려죽이고

앞마당에서 개의 삶을 삶는 사람들도

죽으면 또다시 제사를 지내겠지만

나는 거기에 절을 하지 않기로

결정했다

당숙모는 골초였고

어느 날 벌초를 미룬 선산에서 비롯된 불이 번져

개의 고향을 거개 태우고

개의 등허리를 몽둥이로 박살 내던 삼촌들도

질식사했다 고기 타는 냄새를

모르는 체하느라 킁킁거리던

개들이 당숙모의 곁을

빙글빙글 돈다

건강하고 날렵한 꼬리들이

연기 사이로 살랑거린다

당숙모가 연초를 태운다

산이 터져 나간다

새로 지을 고속도로가 지나갈 자리였다

보상금의 분배를 두고

한때 개를 나누어 먹던 많은 이들의

정과

의리와

명분이

연기보다 못하게 가벼이 흩어졌다

멀리 개가 짖는 소리

가까이 사람 싸우는 소리

당숙모는 그 후로 이십 년을 더 살았다고 한다

서해안고속도로 옆에서 골초로 살아남아

양껏

다

태워버렸다고 한다

교실에서

심심하거나 기분이 나쁘거나

나름의 교육적인 목표가 생길 때에

애들을 곤죽이 되게 때리던 수학 선생이 교실에

들어와

사람 좋게

웃으며

나를 따라

웃으라 했다

어색한 명령이었는데

이해할 만한 것이

김대중이 대통령으로 당선된 다음 날이었다

심심하지도 기분이 나쁘지도 어떠한 목표도 없

이 웃는

수학 선생이 어색해서 우리도 그저 웃었다

웃으라고 하니 무서워서 웃는 아이

덩달아 기분이 좋아져 웃는 아이
숙제 검사를 하지 않을 것 같아 더 크게 웃는 아이
수학 선생의 교활한 체벌은
하루 금지되는 것일까
우리는 수학 시간을 앞두고 쉬는 시간에 모여 앉아
그에 대한 출구조사를 해보았다
그는 야구를 좋아했다
그는 방정식을 좋아했다
그는 김대중을 좋아했다
그는 우리를 좋아하지 않았다
그의 발언을 상기해보았다
조선 놈들은 맞아야 정신을 차린다
너희 같은 놈들은 사회에 나갈 필요가 없다
뚱뚱이다 머저리다 병신이다 개다
당숙모의 공터가 생각나서 나는

미쳐버릴 지경이었는데

미치지 않으려고 수학 시간에 엎드려 낑낑대며

잠을 청했다

그에 대한 토론은 그를 어떻게 죽일 수 있을까 하는

주제로 귀결되었다

그를 좋은 사람이라 할 수는 없었다

평생 기호 2번을 찍은 사람이었겠으나

김대중과 해태를 좋아했겠으나

그는 외우라고 했다

수학은 암기 과목이라고 했다

맞는 동안에는 개가 된 것만 같았다

비아동의 아이는 개가 될 찰나도 없었겠지만

조선 놈이 되지도 못하였고

조선은 망한 시가 오래일 텐데

수학의 세계에서 그것은 아주 사소한 일일 뿐이다

우리는 웃음을 그쳤다

하지 않을 것만 같던 숙제 검사가 시작되었다

어제는 숙제할 분위기가 아니었다

아버지가 무척 기뻐했으니까

나 또한 드디어 조선 놈이 될 수도 있을 것만 같

아서

기뻤으니까

우리는 해태 야구를 좋아했고

그의 방망이 타작이 시작되었다

가장 좋아하는 선수의 별명은 오리 궁둥이

방망이는 사람의 살을 통과하지 않는다

빡

빡

빡

박수 소리가 들린다

살과 살이 맞부딪친다

그에게는 나름의 교육적 목표가 있었고

우리는 그를 죽이고 싶었으나

사람이 좋아

실패하고 말았다

시내에서

주말이면 성당 친구들이랑

시내를

수십 바퀴 돌며

놀았다

깔깔거리며 거들먹거리며 주억거리며

25시레코드를 지나

롯데리아를 지나

버거킹을 들러

보세 옷 가게를 스쳐

우체국에 옆에

우다방 공중전화박스를 지나

궁전제과를 건너

삼복서점 들러

에일리언노래방에 갔다가

무등극장에서

놀았다

수학 선생은 시내에

쓸데없이 돌아다니지 말라고 했지만

우리의 바지런한 발자국이

전에 닿은 발자국을

희미하게 지우고

우리가 묻힌 발자국은

우리 뒤에 땅에 설 발바닥들에 의해

또 지워질 테지만 내 발바닥이

지워지지 않는 바닥을 딛고 서 있다는 것은

신비로운 일이었다고 의아할 만큼

사람이

많이

죽었다지,

전일빌딩 앞에서 죽은 수학 선생의 친구 얼굴이

그러니까 조선 놈의 얼굴이

그가 죽기 직전 끌려다니던 길에서

그가 끌려가지 않고 자신의 두 발로 가보려고

제 몸을 일으켜 세우며 남긴

발자국이

떠올랐다

가라앉았다

우리가 다져지는 중이다

무참한 일상이고 슬픔이고 다 합쳐서

이상한 자랑인

길바닥에

발바닥을

문대면서

기숙사에서

밥에 참치와
마요네즈를 비벼 먹고
턱에는 여드름이 폭발하는
녀석이 첫 번째 목표였다
나는 녀석의 슬리퍼를
창밖으로 던져 버린 적이
있다 같은 방의 아이들이 크게
웃었다 저수지에서 죽은 아이도 마지막
웃음이란 게 있었을
것이다 녀석은 수도승처럼
맨발로 기숙사 밖으로 나가
슬리퍼를 주워 왔다
초봄의 눈이 내리고 있었다
슬리퍼를 주워 오는 녀석의 발소리가
께름칙했지만 왁자한 웃음소리에

우쭐한 기분이 우선이었다

이상한 마음은 이상해서 두렵다

이상한 마음의 방향과 모양을 몰라서

그것이 어디로 흘러 부딪쳐

다시 나에게 향할지 모르고

슬리퍼를 던질 때 가장 크게 웃던 녀석이

몇 달 후에 내 슬리퍼를

창밖에 던졌다 나는

맨발로 다녔다 양말에

시커먼 평화가 깃들었다

전염병이 돌았다

감기와 장염

폐렴과 열병

사면발니와 무좀

나누어 신은 슬리퍼에서

균이 퍼졌다

모두 외우고 있던 균이어서

반가운 마음이었다

모르는 문제에는 무조건 0을 쓴다

동그란 게 맘에 든다

선생의 실험은 실패했고

실패한 인생의 비교적 성공한 시간들이

차례대로 나열될 참이었다

교장은 말했다

마지막으로

끝으로

그에게 유난한 잘못이 있는 건

아니다 그게 마지막이 아닐 것이라는 예감을

우리는 얻었다 시간이 지나

우리는 참치마요라는 것도 먹게

되었고 슬리퍼를 주우러 간 녀석은 한의사가

되었다 미치지 않은 사람이

없었지 슬리퍼를 주우러 가는 길에

깨달은 것이다

저수지에서

그의 농담은 매번
이런 식이었는데
인문대 옥상에 앉은 까치를
보고 까치야, 조심해라, 말하는
거였다 그때는 안 우스운 게 없어서 그런 것도
우스웠다
그가
죽었다는 소식은 뜻밖이었다
그는 스물여섯 살이었으니까 웃기에
좋은 나이인 그를 안 지
서너 달 된 후배 둘이
우습게도
저수지 옆에서 그가 죽는 걸 지켜보았고
우리는 영암에 모여 밤새 술을 마시다
장지에 가서 까치처럼

울었다 울음이 그칠까 웃음이 날까

조심하면서 우리는 자주 웃었다 듣기로는

저수지에 빠진 아이를 구하려다가 죽었다고는

하는데

알 수 없다

평범한 비극을 지극한 비극으로 만들기 위한 서

사인지

알 수 없다

매번 이어지는 젊은 죽음에 불과한지

알 수 없다

그가 살았다면 어떤 사람이 되었을는지

알 수 없다

그는 시 동아리 선배였다

그가 남긴 시의 구절은

꽤 전형적이었다

왜 아름다운 것들은 서둘러 떠나는가

알 수 없다

이 시가 죽음에 서정성을 더하는 장치인지

알 수 없다

그해 여름의 저수지를

그해 여름을

알 수 없다

그의 장례식이 끼어 있던 여름방학이 지나고

우리는 캠퍼스에 돌아왔다

괴상한 여름이

지나갔다는 생각이 들어서 웃겼다

우리는 다시 슬플까 조심하며

인문대 앞을

걸어 다녔다

연병장에서

가장 인기 있는

가장 단순한

가장 국가주의적인

가장 군대에 잘 어울리는

가부장의 정점에 있던

대대장이 좋아하던

축구를 찼다

그가 볼을 잡으면 부대원은 홍해 바닷물이라기

보다는

전라남도 진도군 신비의 바닷길처럼

덜 신화적이게 비척거리며 흩어지고

모였다 우르르 함성을

내었다 우르르 모여서

소리쳐 우르르 기분이

좋았다 우르르 끝나고

청소를 우르르 집합을

모여서 우르르 축구는

확실히 사람을 끓어오르게 하는 면모가 있지

빨간 것도 그렇고

나는 내가 군인이 된 게 몹시 이상했다

죽은 아이와

글자를 모르는 노인과

비아동의 텔레비전이 생각나 괴로울 때

축구를 보면 도움이 되었다

순식간에 벌어진 일이었다

대대장의 사타구니를 발로 찬 것은

수비를 하려던 것은 아니었는데

가장 단순하고 국가주의적으로 가부장적이라서

일어난 실수였다

그날 저녁에 더 큰 우리가

이겨서 다행이었다

작은 우리를 안 볼 수 있어 편했다

대대장의 남성성은 빠르게 회복되었고

우리는 축구의 나라에서 다시 우르르

다른 무엇의 나라로 빠르게 바뀌고 있었다 나의

명분은 나라를 지키는 것이었고 나의

실제는 징집 제도의 일원이었고 나의

실무는 테니스장 관리병이어서 나의

나라는 테니스의 나라가 되었다 대대장의

사타구니가 라인을 따라 밝게 빛났다

테니스를 보는 것은 도움이 되었다 내가

군인인 것을 망각하고 내가

노예인 것을 상기하여 입으로

우르르 소리도 낼 수 있게 해주었다

군인은 잊지만

노예는 기억한다

당번병은 입으로

대대장의 것을 받아낸 적이 있다고

고백했었다 우르르

보급 치약으로 입을 헹구었다

안방에서

안방에서 곡소리가 들리면
외할아버지 생각이 났다
그날 엄마 곡소리를 들었으므로
엄마는 귀신을 만난 것처럼 운다
부적을 만들어볼까
부적에 그림을 그리는데 엄마가
누구와 전화를 한다 엄마는
간병인 일을 하고 엄마는
오늘 오후 도둑으로 몰렸다 엄마에게
병실의 귀중품을 내놓으라 한다 엄마는
간병인 일을 하고 엄마는
누구와 전화를 한다 나는
부적을 그리고
외할아버지가 살아 계셨으면 좋았겠다
그럼 저 소리가 무슨 소리인지

몰랐을 것인데

부적에 그리면서 엄마

고향집 담벼락 무늬를 세세히 그리면서 귀에

이어폰을 넣는다 나는

호수에서

먹물이 담긴 호수를
몇 차례나 돌고 다시 그 자리다
대학원에서는 주로 고기를 구웠다
올리고 뒤집고 자르고 내었다 둥근 불판이
여름밤의 호수처럼 반짝이고 따뜻하고 잔잔하고
나는 그곳을 뜨기로 했다
알을 박차고 비행하는 모기처럼
시끄럽게 성가시게 박수를 유도하면서
그래 봤자 모기라 생각했는데
알고 보니 하루살이였으면
어떡하지?

빌라에서

1996년에 완공된 빌라는
한창 공사 중이던 은평뉴타운 입구에서 얼마
떨어지지 않은 언덕에 붙어
있었는데 한쪽에서 보면
1층이요 한쪽에서 보면
지하였는데 그 경사면에 중학생들이
몰래 담배를 피우고는 했는데
그해 겨울에는 눈이 많이 왔는데
사람들은 휘발유 같은 화를
다스리며 찬찬히 내리막길을 걸어
연신내역에 닿았는데
중학생들은 꽁초를 함부로 버렸는데
새벽에 길을 나서면 전봇대나 가로수에
쓰레기봉투들이 기대어 서 있었는데
거기에서 새어 나온 액체도 사람들 못지않게

조심조심 비탈길을 흘러가는데

그것들은 다시 돌아오지 않았지만

사람들은 다시 돌아왔고

나도 그랬고

날이 풀리고

수많은 버스가 앞차의 뒤꽁무니에 바짝 붙어

길을 가로막았는데

앳된 얼굴의 경찰들이 도시락을 먹고 있었는데

나는 또다시 조심스럽게

울며 무엇이 슬픈지

도무지 알 수 없어 더욱 슬픈 상태가 되어

광화문 아스팔트를 쿵쿵 밟아보는데

금남로에서처럼 아무 일도 일어나지 않았고

울음소리 잦아들 즈음 비아동, 아니 불광동으로

돌아가야 하는데

연서시장에 들러 간이 덜 된 반찬을 사고
검정 비닐봉지 왼손에 든 채 오르막에 접어들면
생선 대가리 같은 골목에
검정 고무줄로 박스와 종이를 묶는 노인
글을 모르던 비아동의 노인들인가 하면
그들은 버려진 신문지를 읽는 것이었는데
비에 젖어 글자가 다 지워진 종이가
대통령이던 사람의 죽음과
이제 막 대통령이 된 사람의 미소를
번갈아 내보낼 때
서울살이가
시작되었다

병원에서

아이가 태어났다 나는
두 발로 딛고 선 죽음을 잊으려
한다 더 멀리 뛰지도 않으려
한다 대신에 더 오래 기다리려
한다 거기에 무엇이 있는지 모르는 채로
아이의 시신을 기억해내는 데 걸리는 시간이
체증처럼 길어지고 있다 성모병원에서
나는 아니
너는 태어났다
죽음을 두 발로 밟고 섰기에
더 멀리 뛸 수 있을 것이었다
거기에 무엇이 있는지 모른 채로

6인실에서

맞은편 병상에 아이는
여자아이
병상 곁에 앉은 사람은
여자 노인
손녀와 할머니는 사이좋다
짝꿍이다
손녀는 할머니에게 짜증을 내고
할머니는 손녀에게 맞선다
세상 짝꿍이 대체로 그러하듯
6인실의 붙박이 콤비는
아프다 할 때 같이
아프고 밥시간 되면 같이
먹고 또 아프다 할 때
또 아프냐 말한다
6인실의 다른 5인은

영원토록 병원에 있을 것만 같은

짝꿍을 보며 속으로

퇴원일을 셈한다 어디든

나보다 더한 사람이 있어

이나마 다행이라 여기는 사람이

다섯은 된다

누구든 나보다 덜한 사람을 찾아

희번덕대는 동공이

열은 된다 눈과 눈 사이가 닮은

손녀와 할머니는 짝꿍이다

하나는 희귀병이고

하나는 홀로다

이토록 세상에 유일한

짝꿍이라니 그 콤비가

지금은

어떤 다섯의 열 동공과

함께 있을지

모른다

아니 안다

손녀와 할머니는 그래도 어디에서든

짝꿍

아파트에서

새로 얻은 아파트에는
복도가 있고 복도 끝에는
책이며 책상이며 컴퓨터며
집에는 하등 도움 안 되는 것들만
모아놓은 방이 있는데
그런 방이 꼭 방 하나를 차지해
방 하나가 없는 셈이 되고
이사할 때마다 그 방을 맡은
외국인 청년의 숨소리만 거칠어진다
누가 말하길 남자는 남자의 동굴이 있어야 한다
는데 그가
박쥐인지 시궁쥐인지 나는
모른다 새로 얻은 아파트에서
복도 끝 방에 귀신이 산다고
작은 딸아이에게 말했다

딸아이는 우리 아파트가 신비

아파트인 거냐고 되물었다

자이도 레미안도 아니지만 아파트의 세계란

신비한 구석이 있어 그 세계에 들어온 후

나의 세계도 먹귀신 들린 것처럼 바뀌었다

구옥 아파트인 이 집의 끝 방에는

사춘기를 지나는 소년이 학교에서 따돌림당하

는 걸

비관해 숨어 지냈을 수도 있지만 요즘은 스마트

폰으로도

따돌림이란 걸 당할 수가 있다 숨을 데 없다

애초에 동굴이라는 게 있을 수가 없고

실제 동굴에 들어간다면 우리는

동굴 밖에 보이는 희미한 빛에 의지해

구원을 상상할 것이다 구원은 우리를 따돌릴 테

지만

아파트의 세계에서 우리는

구원의 그림자가 희미하게 어른거리는 동굴에

갇힌 셈이다 신비한

일이 날마다 일어나고 끝 방에는 정녕 귀신이

사는 걸까 거기에는

깜박이는 커서가 있고

빈 문서가 있고

에이포가 있고

시집이 있는데

그걸 알면 집값이 떨어질 텐데

곶감보다 해병대보다 호환보다 귀신보다 공포스
럽구나

그런 의미로 귀신은

없다 세상에는 그런 게

없기 때문이다 대신 다른 게

있다 동굴에 앉아 노트북 편다

호갱노노와 네이버 부동산에 들어간다

반쯤 열린 작은방 문 너머 현관이 보인다

역시 중문을 설치하는 게 맞았을까

인테리어를 하면 값을 올려

받을 수도 있다 들었다

저기 그림자만 어른거리는

귀신이 그랬다

강변에서

그만하고 싶지만 잘 안 된다
돈을 벌고 쓰고 갚고
사랑하고 미워하는 이야기
이것이 삶의 전부이고 전부라는 말 바깥의
다른 전부가 없으리라는 생각은 온건해
나는 심지어 젠체한다 내가
이렇게 모범 시민입니다 내가
말을 쉽게 놓지 않는 사람입니다 내가
약속을 잘 지키는 사람이다 아니, 입니다 내가
지방세와 재산세도 잘 내는 사람입니다
주차위반 범칙금도 군말 없이 내는 사람입니다
불법 동영상을 보며 자위 안 하는 사람입니다
인터넷에 댓글 같은 거 안 남기는 사람입니다
"씨발"이나 "개새끼야"나 "좆나게" 같은 말
못 하는 사람이다 아니, 아니, 사람입니다

사람이 사람을 때리고 강간해서는 안 된다 생각하는

팬찮은 사람입니다. 눈살 찌푸릴 줄 아는 사람입니다

세상에 이런 사람이 어디에 있나,

지나가는 사람 붙잡고 물어봐라,

오늘 아침에는 병목현상이 일어나는

가양대교 남단 올림픽대로 입구에서

무참한 끼어들기를 감행하면서

모르겠어요, 에라 모르겠다, 몰라,

같은 말을 중얼거렸다.

인간의 도리가 아닌 것 같지만

올해 자동차보험은 다이렉트로 바꿔보았다

중간에 끼인 인간의 목소리는

단가를 높이는 주범

나는 뒤에 오는 차를 향한 죄송스러움에

비상등을 3초간 켠다

빡

빡

빡

조선 놈 중에 나 같은 사람이 어디에 있나?

뒷사람에게 물어보면

저런 새끼는 차고 넘친다고 하겠지만

괜찮은 사람이라는 착각이

계속해서 입을 헹구게 하는 원동력이다

돈을 벌고 쓰고 갚고 사랑하고 미워하고

내가 이렇게 세상 전부를 다 가진

사람이다 옆 차선에서 외제차가 무리하게 끼어

들지만

이마저도 무참한 사람이라고 치자

꽉 막힌 자동차전용도로에

아이의 시신이 나타났다

사라졌다

신도시에서

비아동에는 고향 선배가
산다 거기는 이제 수완지구라 하여 새로
조성된 대단지 아파트 조경이 근사하고 나는
네이버 부동산으로 그가 산다는 집과 내가
사는 집의 가격을 비교해 보았다
내 고향 가격이 내가 사는 수도권에 육박하다니
조금 자랑스럽고 꽤 섭섭해 입맛 다셨다
선배는 학교 선생이라고 한다 그가
비아동에 사는지는 알 수 없다
도로명주소로 바뀌었다
주소 끝에 괄호를 치고 진짜 주소를 넣는데
이를테면
푸르지오 앤드 더샵 파크애비뉴 에듀포레
어디에 살든 그가 폭력 교사는 아님은
알 수 있다 그는

선량한 사람이었다

광주의 신도시와 경기 북부 신도시는 생김새가

비슷하다 하남공단의 공장과 공장들처럼

단지와 단지 사이로 사람들은 흩어지고

전철역을 단지 앞으로 두어야 한다고 시위하는

자들

장애인 주차 구역이 너무 많다고 볼멘소리인 자들

털끝 하나 손해 보지 않으려 눈이 도끼가 된 자들

이것들이 다 같은 사람이냐고 물어보려는 게

아니다 나는 다만

내 이야기를 하고 싶었을 뿐인데

쓰면 쓸수록 어디까지가 나의 이야기인지

죽은 아이인지

어머니인지 어머니와 아버지를 낳은

어머니와 아버지인지

비아동 슈퍼 앞 평상에서

오공청문회를 함께 보던 누추한 인간들인지

실패한 삶에서 한순간 반짝임을 보고 그것을

영원이라 착각한 당신들인지

그게 나인지

잠시 생각해보느라

멈추는데, 저기서

첨벙첨벙하는 소리 들리고 나는

고개를 돌리지 않는다 나는

기억의 무게 추를 그에 따라 갸웃거리며 견딜 뿐

이고 나는

비아동과 공단으로 잠시 흩어지고

모든 사람은 죽지만

같은 죽음이란 없고

죽음의 무게는 제각각이지만

모두 무겁다고

그 둔중한 것이

누구에게는 발밑으로 가고

누구에게는 머리 위로 간다고

그날의 죽음은 정수리에 앉아 사람을 자꾸

고개 숙이게 한다

승강기 점검 중이라 아파트 계단을 하나씩 밟는다

단지 바로 옆 초등학교에 아이를 데려다줘야 한

다 행운이다

횡단보도를 한 번은 건너야 해서 집값이 조금은

덜 오른다 불운이다

불운에 죽음보다 조금 더 화가

난다 흘릴 눈물도 부끄러워 숨어 흐느끼게

한다 사실 아이는 죽기 전에 말한 적

있다 나를 알지 않느냐고

아이의 손을 잡고 매일

아이를 만나러 간다

아이의 머리 위에 뭐가 보인다

둔덕의 고장난

신호등이었다

PIN

041

거기에서 만난

서효인

에세이

거기에서 만난

마을에서 아이와

　광주민주화운동 때는 사실 '민주화'나 '운동'이나
하는 것에 상관이 없는 사람도 많이 살해되었다. 원
제마을에서 멱을 감다 죽은 소년도 그러할 것이다.
5월이었으니 그렇게 덥지도 그렇다고 춥지도 않았
을 텐데, 헤엄은 지금까지 살았다면 몇 차례나 더
반복되었을 여름철에 해도 그만이었을 텐데, 봄볕
이 유난히 좋은 날이었거나 이유 없이 뛰어다녀 등
이며 겨드랑이에 보슬보슬한 땀이 차올랐다거나,

저수지의 물이 5월의 햇살을 받아서 비치는 때깔이, 덜 여문 아이의 시선을 끌었거나 했을 것이다. 여하튼 그곳을 지나던 11공수여단의 군인은 열세 살 아이를 소총으로 조준 사격해 죽였다. 군인들은 송정 비행장에 가는 길이었고, 그 길에 마을과 저수지와 아이가 있었다. 아이는 민주화나 운동이나 하는 것들을 몰랐겠지만 이런 죽음들을 깔고 민주화 운동은 가능했다. 지금의 체제와 자유와 민주주의는 피로 만들어진 것이다⋯⋯ 하는 말들은 너무나 지겹고 누구나 듣기 싫어하고, 몹시 전형적이고, 하등 쓸모없는 말이 되었지만 그렇다고 사실이 아닌 것은 아니다. 그 말이 사실이라고 하더라도 죽은 사람이 살아나는 것은 아니다. 사람은 기록되기에 동물이 아닌 인물이 된다. 불과 십수 년 전만 하더라도 우리에게는 개를 때려잡아 먹는 관습이 종종 길거리에서 벌어졌고, 아무개의 죽음은 개죽음으로 치부되던 시절도 있었는데, 인간의 죽음과 개의 죽음이 별반 다르지 않게 취급되던 날들도 있던 것이다. 죽음이 개죽음이 아닌 사람의 죽음이 되려면 결국 치열하고 처절한 기록이 필요할 것이다. 누가 죽어서 불쌍하다는 기록 말고, 우리는 그들의 피를 마시고 산다는 기록이 아니고, 그러니까 누가 그렇게 했느냐는 것이다. 알고 있지만 알 수 없는 것을 적시해야 한다. 알 수 없지만 모두 다 알 것 같은 그걸 적지 못해서 그 마을의 아이가 지금도 종종 나타난다. 당신의 등에 업혀 있거나 손을 잡고 걷거나 한다. 강변을 산책하고 수면에 납작한 돌을 던져 물수제비를 만들기도 하는 것이다.

길가에서 사내를

할머니와 할아버지는 영광군 어딘가에서 공사장 인부에게 밥을 대는 일을 하였다. 할아버지는 인부가 되어 일하고, 할머니는 식당에서 일했다. 둘은 모두 문맹이고 숫자를 세는 일에도 익숙하지 않아 그날 파는 밥을 사람들이 비우고 간 빈 공기로 셈할 정도였다. 그곳에서 네다섯 살을 지냈다. 새마을운동 시기에 지어졌을 법한 집이 옹기종기 모여 있었고 친절한 이웃이 있었다. 인부들은 전봇대를 새로 올리는 일을 했고 할아버지도 그랬다. 그들은 트럭을 타고 밥을 먹으러 왔는데, 트럭의 뒤꽁무니를 쫓아가면 신작로가 나왔다. 신작로 옆에는 오래 방치한 흉터처럼 벌건 황토를 드러낸 둔덕이 있었다. 그곳으로도 길이 날 예정이었을까. 그것까지 생각하기에는 너무 어렸다. 거기에서 몸에 흙을 묻히고 놀았다. 웅덩이에서 뛰고 진흙으로 집을 만들다 보면 멀리서 할머니의 목소리가 들렸다. 어서 와 밥을 먹으라고 하는. 그렇게 돌아가는 길에 봤다. 신작로와 논두렁에 반씩 몸을 걸치고 있는 파란 트럭을. 길에 닿지 못하고 헛돌고 있는 앞바퀴를. 차창에 머리를 박고 힘없이 늘어져 있는 몸을. 교통사고였을까? 그는 죽었던 것일까? 내가 무엇이라도 해야 했을까? 나는 내가 본 것이 무엇인지 몰랐던 것 같다. 할머니에게 말했으면 됐는데, 왜인지 말하지 않았다. 그런 장면을 이야기해서는 안 될 것 같았다. 아니, 말했는데 할머니가 믿지 않고 조용히 밥을 먹으라 했던 것일지도 모른다. 아니, 내 말을 들은 할머니가 재빨리 신고해서 구급차가 왔을 수도 있다. 사실을 말하자면 그 장면을 본 이후의 기억이 없다. 황토색 둔덕도 사라져버렸다. 신작로의 파란 트럭도 함께 사라졌다. 그 트럭이 있었는지 없었는지도 알 수 없게 되었다. 어쩌면 처음부터 그런 사건은 없었는지도 모른다. 그의 이름은 무엇이었을까. 그는 죽었을까 아니면 지금도 살아 있을까. 살아 있다면 어떤 모습일까. 아니, 그때 그는 꼭 죽은 것만 같았는데…… 나는 이렇게 그를 만났는데, 결국 그를 만난 적이 없다.

밥상에서 할머니가

내가 알기로 할머니의 최우선 순위는 식구들의 밥이었는데, 그중 아들 손자인 내가 무엇을 먹는지, 제대로 먹는지, 매 끼니를 챙겨 먹는지가 초미의 관심사였다. 어린 시절의 상당 부분을 할머니와 보내게 되었는데, 영광에서도 송정리에서도 화정동에서도 심지어 서울 불광동에서도 당신은 나의 입을 궁

금해했다. 다행히도 할머니는 요리에 일가견이 있었다. 입맛이 까다로운 호남에서도 알아주는 손맛이었으니 거짓은 아닐 테다. 시간을 돌릴 수 있어 지금 할머니가 4, 50대, 한창인 나이라면 서울로 모셔 와서 모처에 식당을 열어볼까 싶지만 만약에 그랬다면 코로나니 임대료니 해서 잘 안 됐을 수도 있다. 아마 잘 안 됐을 것이다. 맛만 있다고 모든 문제가 해결되는 게 아님을 할머니는 몸소 보여주었는데, 그렇게 음식을 잘한다는 사람이 식당 운영에 많은 시간을 바쳤건만, 당신은 평생 가난했다. 생은 가난했으나 밥상은 풍요로웠다. 어릴 때는 그저 좋았던 것이라도, 시간에 따라 그저 좋아할 수 없는 게 되어버린다. 할머니의 음식이 그러하다. 가난한 자가 만드는 맛있는 음식이 싫었다. 할머니는 음식을 잘 만들 줄 아는 전라도 여성이었는데, 그것 말고는 할머니를 설명할 방법이 없어서, 그런 설명 아닌 설명이 지겨웠다. 어른이 된 후 나는 서울 반지하에 살았는데, 반지하 현관 앞으로 할머니의 택배가 오면 그것을 들어 곧바로 북한산 한구석에 투기

해버리고 싶을 지경이었다. 이 마음을 설명할 수 없었다. 할머니의 음식이라면 좋은 게 아닌가? 사람들은 생각했다. 그 생각조차 비렸다. 결혼 후에는 제발 택배를 보내지 말라고 오면 먹지 않고 한꺼번에 버린다고 협박과 고백을 설명 없이 함부로 지껄였다. 할머니는 어느덧 모든 음식을 짜게 만들었고, 더는 음식을 만들지 않아도 될 나이가 됐음에도 불구하고 고집스레 집착하듯 반찬을 만들고 김치를 담갔다. 나는 그것을 받지 않았다. 받게 되면 먹지 않고 실제 버렸다. 시큼하고 짠 그것들이 나를 불쾌하게 만드는 듯했다. 그리고 더는 택배가 오지 않게 된 지 이태가 지나 할머니는 돌아가셨다. 택배가 오지 않은 건 할머니가 요양원에 있었기 때문이고, 나는 코로나를 핑계로 면회를 단 한 차례도 가지 않았다. 할머니의 부음을 듣기 며칠 전부터 이상하게 홍어가 먹고 싶었다. 너무 삭히지 않고 그렇다고 생것이지도 않은 홍어회를 집어 삶은 돼지고기에 초장과 묵은지를 곁들이고 싶었는데, 며칠 후에 나는 실제로 할머니의 장례식장에 있게 되었다. 장례식장은 나주 영산포였다. 사흘을 내리 맛 좋은 홍어를 먹었다. 밥상 앞에 할머니가 앉아 평소에 그렇듯 젓가락이 자주 가는 반찬을 내 앞으로 당겨놓는 것 같았다. 영광에서 황토색 둔덕으로 밥을 먹으라, 나를 찾아오던 할머니가 그렇게 마지막 밥상을 차려주시고는 다시 올 수 없는 곳으로 가시었다.

티브이에서 그들이

할머니의 함바집은 비아동에도 있었는데, 그날은 점심을 먹은 아저씨들이 곧장 일터로 가지 않고 삼삼오오 티브이를 보는 것이었다. 티브이에서는 청문회라는 것을 하고 있었다. 훗날 대통령이 될 사람이 논리정연과 결연함을 동시에 보여준다든가, 분명히 무엇이라도 알고 있어야 마땅할 작자들이 모든 질문에 기억이 안 난다는 말만 반복한다든가 하는 장면들은 나중에 커서 자료 화면으로 보았다. 티브이는 작았고, 내 키도 작았기에 나는 그저 청문회를 보면서 어른들의 표정을 살필 뿐이었다. 그들이 시무룩해질 때는 장군이나 국회의원이 나올 때가 아닌 뭐 하는지 모를 사람들이 화면에 비칠 때였다. 그러니까 그들은 비아동 사람들과 같은 말투를 쓰는 사람들이었는데, 초라한 입성에 겁먹은 표정에 주눅 든 태도까지 죄는 꼭 그들이 지은 것 같았다. 그들은 오빠가 그날 죽었거나 아들이 행방불명됐거나 조카가 다리를 절게 되었거나 하는 사람들이었고 또한 길거리에서 맞았거나, 상무대로 끌려가 죽다 살아난 사람들이기도 했다. 어른들이 냉장고 위쪽 티브이를 보느라 고개를 빼꼼히 들고 있는 사이 나는 식당 냉장고에서 주황색 환타를 몰래 꺼냈다. 인부들은 숟가락이나 젓가락으로 심지어 어금니로 병뚜껑을 따곤 했다. 나는 병따개를 들고 낑낑거리며 숟가락을 쓰다 이내 어금니를 병에 댔다. 어떻게 해도 열리지 않았다. 달고 시원한 이것을 지금 먹으면 좋겠는데, 마실 수 없었다. 왜인지 그 사실이 억울해 방방 뛰다가 병을 떨어뜨렸다. 점심 장사를 마치고 겨우 쉬던 할머니가 뛰쳐나왔다. 바닥에는 산산이 깨진 유리 조각들 사이로 주황색 음료가 제 갈

길을 찾아 흐르고 있었다. 그 소리를 기점으로 어른들은 티브이를 보던 고개를 다시 원래대로 수그리고 제 갈 길을 갔다. 할머니는 나를 혼내며 바닥을 청소했다. 나는 아직 꺼지지 않은 티브이를 쳐다보았다. 거기에 괜한 파마머리를 한 여자가 울적하고 당황한 얼굴로 무엇이라 말하고 있었다. 얼굴이 환타색이었다. 황토색이거나. 티브이에서 깡패가 아닌 사람이 전라도 사투리를 쓰는 걸 들은 적은 처음인 듯했다.

삶에서 아이는

나의 아이는 다운증후군으로 태어났다. 대화가 아이를 주제로 흘러가면 상대방에게 기회를 주지 않고 나의 아이는 다운증후군이라 말한다. 그는 막다른 골목에 들어선 셈이다. 오, 그렇군요. 보통은 이렇게 말한다. 표정은 각양각색이지만 원래 사람의 표정이란 게 사람마다 다르고, 그들에게 어떤 잘못이 있는 것은 아니다. 다만 저 말을 하고 듣는 이의 얼굴을 안 살피는 듯 살피는 나의 버릇은 잘못된 것이다. 사람이 그러면 못쓴다. 알면서 엊그제 또 그랬다. 아직도 나는 나의 아이를 심연의 내가 지 닌 약한 지점이라 생각하는 걸까. 아이는 아이의 모 습 그대로 크고 있다. 아이가 태어나자 네이버 검색 창에 다운증후군이라고 검색하게 됐다. 다운증후 군의 평균 수명에 대한 정보가 있었는데, 그곳의 정 보가 거의 그렇듯 대체로 헛소리였지만 나는 내 아 이의 수명이란 것을 검색해보는 아비가 되어버렸 고 그건 피할 수 없는 사실로 육박했다. 할머니, 할 머니는 다운증후군이 뭔지 모르는 듯했다. 할머니 는 아이가 우리나라 나이로 아홉 살 때 돌아가셨다. 아이는 할머니를 할머니라 부르지 못했다. 할머니 는 가끔 통화할 때마다 큰아이가 이제 말은 하느냐 고 물었다. 아이는 아이의 속도대로 천천히 말을 한 다. 아이를 만나기 전까지 나는 유려한 말을 사랑했 다. 말을 잘하고 글을 잘 쓰는 삶을 위해 시간을 보 냈다. 아이는 아마도 둘 다 잘하지 못할 것이다. 아 니, 틀림없이 둘 다 해낼 것이다. 잘한다는 게 다 무언가? 어떤 말은 큰아이보다 내가 더 못하는 것 같다. 가령 이런 말이다. 나의 딸은 다운증후군입니다, 역시 어렵다. 두 아이의 아빠가 된 이래, 죽으면 안 된다는 의지가 더욱 강력해졌다. 강력하다는 말을 쓰다니, 무슨 군인이 된 것 같다. 그들은 어떤 의지로 저수지의 소년을 쏘아 죽였을까. 그는 트럭 앞창에 머리를 박기 전에 무슨 의지를 가졌을까. 할머니의 평생을 집어삼킨 의지는 누구의 것이었을까. 나는 살고 싶다. 이런 마음의 염치를 가늠할 여지도 없이 그렇다. 삶의 염치는 이러저러한 죽음을 기록하는 일일지도 모른다. 그렇다면 우리 대부분은 염치없이 삶을 지속하는 셈이다. 오늘도 이러한 지속을 위해 강변의 자동차전용도로를 느리게 달렸고, 강변에는 누군가의 어깨나 정수리에 앉은 아이가 물수제비를 뜨고 있었다. 돌이 수면을 힘차게 밟고 뛰었다. 층간소음을 일으키는 내 아이의 발랄한 뜀박질처럼. 죽은 사람에 관해 쓰는 키보드 소리처럼. 아직 죽지 않아 다행인 거의 모든 삶과 같이.

거기에는 없다

지은이 서효인
펴낸이 김영정

초판 1쇄 펴낸날 2022년 7월 25일
초판 2쇄 펴낸날 2023년 12월 8일

펴낸곳 (주)현대문학
등록번호 제1-452호
주소 06532 서울시 서초구 신반포로 321(잠원동, 미래엔)
전화 02-2017-0280
팩스 02-516-5433
홈페이지 www.hdmh.co.kr

ISBN 979-11-6790-110-1 04810
      979-11-6790-074-6 (세트)

* 책값은 뒤표지에 있습니다.